MOPS

Malik · Cauvin

# Cupidon

## LUNE DE MIEL

COULEURS : LAURENT

DUPUIS

Dépôt légal : janvier 1999 — D.1999/0089/41
ISBN 2-8001-2761-9 — ISSN 0776-2941

Imprimé en Belgique.

## FEU DE BROUSSE

BRÔMBÔLÔMMMMM
KRÂK
ALORS, IL SORT OU QUOI ?
?
AAAH ? ENFIN, JE L'ENTENDS REMUER...
SNIF SNIF
TU... TU NE SENS RIEN ?
HEIN ?
NON.
BÔLÔM BÔLÔMMB
BÔLÔMBOLOMBOLOMBOLOOOM BOLOM BOMBOL
AAAAH !!
243 A.

CU... CUPIDON ?
QU'EST... QU'EST-CE QUI S'EST PASSÉ ?
UN INCENDIE !
PAS DE PROBLÈMES POUR LES GROSSES BÊTES. ELLES ONT TOUTES LES CHANCES DE S'EN SORTIR...
PAR CONTRE, POUR CELLES-LÀ, ÇA RISQUE D'ÊTRE L'HÉCATOMBE...
...À MOINS QUE L'ORAGE N'ÉCLATE ENFIN.
LES NUAGES SONT BIEN LÀ, MAIS ILS N'ONT PAS L'AIR D'ÊTRE PRÊTS À CREVER...
ON VA LES Y AIDER !
MOPS !

MOPS !
MOPS !
ÇA MARCHE ! ÇA MARCHE !
ÇA MAAAARCHE !
LÀ, ENCORE UN !
MOPS !
?
PFFRRSSSHHHHH
AAAAAAAAAAAAAAAH
BLAF
EUH ... HEUREUSEMENT QUE JE VOUS AI RECONNU, PARCE QUE CUPIDON, LUI, EN VOUS VOYANT PASSER, VOUS AVAIT PRIS POUR UN GRÊLON.
ET ÇA VOUS FAIT RIRE ?
UN GROS, MAIS UN GRÊLON QUAND MÊME ... HÉHÉ ...
FIN

# OH, LA BELLE BLEUE...!

BANG
PIIIOUUUUUUUUUUUUU
PLAF
PIIIOUUUUUUUUU
BANG
REGARDE, CUPIDON, ON DIRAIT QUE LES HUMAINS ONT ENCORE ORGANISÉ UN FEU D'ARTIFICE.
PAF
PIIIOUUUUUUUUUUUUUUUUUUUUU
OH, LA BELLE ROUGE !
PAF
PIIIOUUUUUUUUUUUU
OH, LA BELLE BLEUE !
PAF
PIIIOUUUUUUUUUUUU
OH, LA BELLE JAUNE !
PAF
PIIIOUUUUUUUUUUUU
QU'EST-CE QUE C'EST ?
DES CENDRES ET DES DÉBRIS DE PÉTARD.
C'EST DANGEREUX, ÇA !
NOOON ! CE SONT DE MINUSCULES FRAGMENTS.
BLAF
?
TOUJOURS ÉPRIS DE VITESSE, À CE QUE JE VOIS !
SUR QUELLE FUSÉE T'ÉTAIS-TU JUCHÉ ?
PARCE QUE TU CROIS QUE J'AI EU LE TEMPS DE VOIR ?
CAUVIN
225
MALIK

# POLLUTION ATMOSPHÉRIQUE

BIEN, VOYONS VOYONS...
PAR RAPPORT À LA TERRE, CE NUAGE QUE VOUS AVEZ TRAVERSÉ, ÉTAIT-IL TRÈS HAUT ?
NOOON !
DONC IL NE PEUT S'AGIR D'UN CIRRUS... ET, D'AILLEURS, CE GENRE DE NUAGES NE CAUSE DE DOMMAGES À PERSONNE.
ÉTAIT-IL GROS, AVEC DES PARTIES ARRONDIES ET VIVEMENT ÉCLAIRÉES ?
NOOON !
BIEN ! ON PEUT ÉCARTER LE CUMULUS AUSSI. D'AILLEURS, LUI NON PLUS NE CRÉE DE DOMMAGES À PERSONNE.
ÉTAIT-IL SOMBRE, ET DÉCHIQUETÉ AUX EXTRÉMITÉS ?
NOOOON !
CE N'EST PAS LE NIMBUS NON PLUS. ET PUIS, JE N'AI JAMAIS OUÏ QU'UN NIMBUS AURAIT CRÉÉ DES DOMMAGES À QUELQU'UN.
EST-CE QU'IL PRÉSENTAIT L'ASPECT D'UN VOILE CONTINU ?
NOOOON !
ALORS, SI CE N'EST NI UN CIRRUS, NI UN CUMULUS, NI UN NIMBUS NI UN STRATUS, ALORS QU'EST-CE QUE C'ÉTAIT, JE VOUS LE DEMANDE ?
ET D'ABORD, QUELLE FORME AVAIT-IL CE NUAGE ?
UN GROS CHAMPIGNON !
AH, JE COMPRENDS TOUT À PRÉSENT...
IL S'AGIT LÀ D'UNE ESPÈCE TOUT À FAIT SPÉCIALE, ENGENDRÉE SUITE À UNE EXPLOSION NUCLÉAIRE, ET IL EST VRAI QUE LUI, IL CRÉE DES DOMMAGES À TOUT LE MONDE...
CAUVIN. 224 MALIK

# BOULE DE NUAGE

PSSST !
?
FLAF
FLAF
QU'EST-CE QUI SE PASSE ! ?
'SAIS PAS...
C'EST SÉRAPHIN QUI DIT QU'IL Y A QUELQU'UN QUI FAIT RIEN QU'A L'EMBÊTER !
JE NE VOIS PERSONNE, MOI !
CAUVIN 226 MALIK

# SALES BÊTES !

OUAAAH!
BLAF
?
OUAAAAAAAAAH!
?
FSCHHHHH
TU N'AVAIS PAS DÉCIDÉ DE FAIRE LA TOURNÉE DES SERPENTS, AUJOURD'HUI ?
SI ! MAIS J'ABANDONNE !

# COMÈTE EN VUE

SAVEZ-VOUS QUE LA COMÈTE HALE-BOPP A UN NOYAU DE 45 KM, QU'ELLE SE DÉPLACE À 44 KM/SECONDE ...
...ET QU'ELLE DEVRAIT BIENTÔT PASSER PAR ICI ?
QUAND ÇA, EXACTEMENT ?
INCESSAMMENT !
VVVVV
VVVVVVVRÔOOOO
EH BEN...
ON L'A ÉCHAPPÉ BELLE !
T'AS PLUS RIEN SUR LA COMÈTE ?
SI ! COMME TOUTES LES AUTRES, ELLE EST TOUJOURS SUIVIE...
WWWWW
WOOSHHHHHHH
DE QUOI ?
D'UNE QUEUE !
EH BEN...
ON L'A ÉCHAPPÉ BELLE !
T'AS PLUS RIEN SUR LA COMÈTE ?

## HISTOIRE DE VERRES

POURQUOI NE LUI ADRESSE-T-IL PAS LA PAROLE ?
PAR TIMIDITÉ PEUT-ÊTRE.
C'EST BÊTE ! VISIBLEMENT, ELLE N'ATTEND QUE CELA.
IL SUFFIRAIT D'UN RIEN... D'UN PETIT COUP DE MAIN...
D'UN PETIT CHOC, PEUT-ÊTRE...
QU'EST-CE QUE TU ATTENDS ?
MOPS !
EH BEN ? QU'EST-CE QUI SE PASSE ?
C'EST LE CHOC !
ÇA LUI A FAIT PERDRE SES VERRES DE CONTACT !
?

# PIANO FORTISSIMO

CRAAK
CRAAK
CRAAAK
?
BRING
KLING
KLAN
KLANG
BLING
TU T'ES REMIS À LA HARPE ?
OUI, UN PIANO À QUEUE, POUR UN NUAGE, C'EST DIFFICILE À SUPPORTER.

## ÉNIGME DE LA NATURE

GNIAP GNIAP GNIAP
MOPS
?
FLAP FLAP FLAP
COIN COIN COIN
AGNÂ AGNÂ AGNÂ
AGNÂ AGNÂ COIN COIN GNÂ COIN
POURQUOI IL A LES PATTES PALMÉES, UNE QUEUE APLATIE ET UN BEC DE CANARD, PAPA ?
VA SAVOIR! ENCORE UNE ÉNIGME DONT SEULE LA NATURE A LE SECRET !
ORNITHORYNQUE

# LE MUR DU SON

QU'EST-CE QUI SE PASSE ?
C'EST ANGELOT ! AUJOURD'HUI, IL A DÉCIDÉ DE S'ATTAQUER À LA VITESSE DU SON.
PRÊT ?
OUI !
DO
OOOOOOOOOOO
OUI, OUI, VAS-Y ! TU VAS Y ARRIVER !!
OOOOOOOOO
OOOOOOO
OOOOO
BANG
BANG
IL... IL A PASSÉ LE MUR DU SON ?
À MON AVIS, IL S'EST PLUTÔT ÉCRASÉ DESSUS...

# BONHOMME DE NEIGE

TU VOIS, SÉRAPHIN, QUAND LES ENFANTS FABRIQUENT UN BONHOMME DE NEIGE, ILS LE DÉCORENT AVEC CE QU'ILS TROUVENT SUR LA TERRE ... UN BALAI DANS LES BRAS ...
... UN CHAPEAU POUR LA TÊTE ...
... DU CHARBON POUR LES YEUX ...
... ET UNE CAROTTE POUR LE NEZ.
AU CIEL, C'EST PAREIL. QUAND ANGELO ET CHÉRUBIN FABRIQUENT UN BONHOMME DE NUAGE ...
... ILS LE DÉCORENT AVEC CE QU'ILS TROUVENT DANS LE PARADIS ... UNE CROSSE DANS LES BRAS ...
... UNE MITRE SUR LA TÊTE, DES ÉTOILES POUR LES YEUX ...
ET POUR LE NEZ ! ? IL N'Y A PAS DE CAROTTES DANS LE CIEL ...
NOM D'UN SAINT, QUI A PIQUÉ MON GOUPILLON ?

LA GRANDE BLEUE

MOPS
?
EH ?
MAIS ?...
MAIS ?...
EEEEEH!?
MILLE MILLIARDS, ELLE COMPTE ENCORE RESTER COMME ÇA LONGTEMPS ?
DIFFICILE À DIRE, CAPITAINE...
R. CAUVIN
236
MALIK

ABRACADABRA

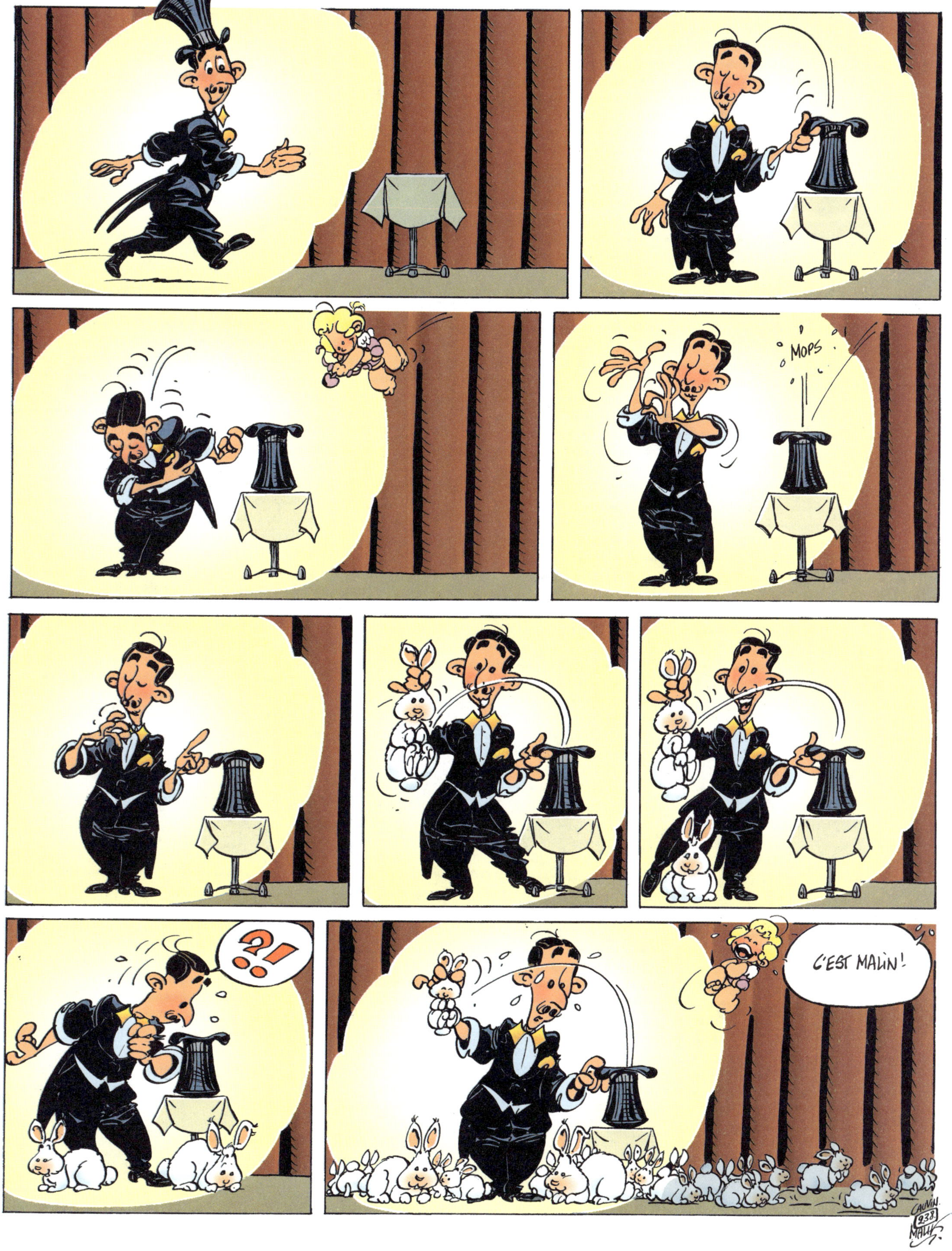
MOPS
?!
C'EST MALIN!

# CHUTE LIBRE

?
VLAM
AU TÉLÉPHONE, VOUS AVIEZ AFFIRMÉ QUE QUELQUE CHOSE BOUGEAIT AU FOND DU TROU.
C'EST VRAI ! J'VOUS JURE. À MON AVIS, L'AURA DÛ DISPARAÎTRE PENDANT QUE JE VOUS APPELAIS.
D'ACCORD, TU VOULAIS BATTRE LE RECORD DU SAUT EN CHUTE LIBRE. MAIS POURQUOI N'AS-TU PAS OUVERT TES AILES EN ARRIVANT À QUELQUES MÈTRES DU SOL ?
J'AI OUBLIÉ.

# PRESSION MAXIMUM

LÀ !
EH BÉ !
TU L'AS DIT.
OÙ ON LE MET ?
ÉTENDEZ-LE LÀ, SUR UN NUAGE.
VOUS AVEZ ENTENDU, LES GARS ?
QU'EST-CE QU'IL LUI EST ARRIVÉ ?
VOUS CONNAISSEZ CUPIDON ET SA MANIE DE VOULOIR TROP BIEN FAIRE...
...IL EST DESCENDU À PLUS DE DIX MILLE MÈTRES DE FOND, VOIR S'IL Y AVAIT ENCORE DES ÊTRES VIVANTS...
MON DIEU, LA PRESSION DE L'EAU DOIT ÊTRE TERRIFIANTE À CETTE PROFONDEUR.
LA PREUVE, IL EST COMPLÈTEMENT À PLAT !
ET SI, POUR ALLER PLUS VITE, ON LE REGONFLAIT AVEC UNE POMPE À VÉLO !?
OÙ TU VOIS UNE PIPETTE, GRAND SOT ?
CAUVIN. 240 MALIK

# LES FEUX DE L'AMOUR

AU DÉBUT, ELLE LUI ÉTAIT COMPLÈTEMENT INDIFFÉRENTE...
...ALORS, POUR Y ARRIVER...
...J'AI DÛ...
MOPS
...PROGRESSIVEMENT...
MOPS
MOPS
...AUGMENTER LA DOSE...
MOPS
MOPS
MOPS
MOPS
MAIS À PRÉSENT, J'AI RÉUSSI...
...IL BRÛLE LITTÉRALEMENT D'AMOUR POUR ELLE...
TROP!
?
À MON AVIS, TU Y AS ÉTÉ UN TANTINET TROP FORT!
JE... JE CROIS AUSSI.
SCHHHHHH
GAUVIN 241 MAUC

# L'ÉTOILE DE NOËL

J'AI TOUJOURS TROUVÉ QUE LA PLUS BELLE NUIT ENTRE TOUTES ÉTAIT BIEN LA NUIT DE NOËL.
AU FAIT, DIS-MOI, CUPIDON, QU'EST DEVENUE L'ÉTOILE SI BRILLANTE QUI INDIQUA, À L'ÉPOQUE, LE CHEMIN DE LA CRÈCHE AUX BERGERS ET AUX MAGES ?
UNE FOIS SA MISSION TERMINÉE, ELLE S'EST ÉTEINTE, QUELQUE PART... PAR LÀ.
MMM...
À QUOI PENSEZ-VOUS ?
ET SI ON LA RALLUMAIT, ET SI ON LUI FAISAIT SUIVRE LE MÊME PARCOURS QU'ELLE ACCOMPLIT, JADIS ?
HEIN ? MAIS...
LES TEMPS ONT CHANGÉ, LA CRÈCHE N'EXISTE PLUS, IL N'Y A PRESQUE PLUS DE BERGERS, ENCORE MOINS DE ROIS MAGES. ON NE LA REMARQUERA MÊME PAS.
JE NE SUIS PAS D'ACCORD AVEC TOI...
SUR TERRE, IL Y A TOUJOURS DES HOMMES QUI ONT LES YEUX BRAQUÉS VERS LE CIEL. TU VERRAS QU'ELLE NE PASSERA PAS INAPERÇUE.
ALLEZ... QUOI ! CUPIDON, LAISSE-TOI CONVAINCRE... UNE FOIS ! UNE SEULE FOIS !
D'ACCORD ! HOUHOUU, J'AI BESOIN D'UN COUP DE MAIN !

PEU APRÈS...
ALLEZ-Y, METTEZ TOUTE LA GOMME !
PARFAIT ! LÂCHEZ TOUT !
OUAAIIIIIIS !
PCHHHHHHH
?!
WHAM
VOUS AVIEZ RAISON ! POUR NE PAS PASSER INAPERÇUE, ELLE N'EST PAS PASSÉE INAPERÇUE...
TU AVAIS RAISON, LES TEMPS ONT BIEN CHANGÉ...
Y A PAS QUE LE TEMPS... LES HOMMES AUSSI !
FIN

# CANARD SAUVAGE

POCK !
POCK ?
?
BLAM BLAM
?
PAF PAF PAF
MOLESTÉ PAR UN CANARD SAUVAGE ! ?
VOYONS, ALBERT, TU NE FERAS JAMAIS CROIRE CELA À PERSONNE...

# CAVE À VIN

ON N'A PAS ENCORE EU DE NOUVELLES D'ANGELO ?
NON, AUCUNE.
VINGT ANS QU'IL A DISPARU...
OUI, JE M'EN SOUVIENS COMME SI C'ÉTAIT HIER...
NOUS CONNAISSIONS UN BRAVE HOMME DE VITICULTEUR. IL N'ÉTAIT PAS RICHE. IL N'AVAIT QUE QUELQUES ARPENTS DE VIGNE, MAIS IL LES CULTIVAIT AVEC AMOUR...
IL N'EN RETIRAIT QUE PEU DE VIN MAIS SA QUALITÉ ÉTAIT RECONNUE PAR SES PAIRS.
CETTE ANNÉE-LÀ, JUSTE AVANT LES VENDANGES, LE SORT S'ACHARNA SUR LUI...
BODOBODOMDOM
BLAF
...IL SE CASSA UNE JAMBE. S'IL NE POUVAIT VENDRE LE PRODUIT DE SA RÉCOLTE, C'EN ÉTAIT FAIT DE LUI. LA RUINE ÉTAIT À SA PORTE...
ALORS, NOUS AVONS DÉCIDÉ DE L'AIDER ET, LA NUIT VENUE...
246

ON A CUEILLI LES GRAPPES...
...REMPLI LA CUVE...
...PIÉTINÉ LE RAISIN...
...ON A MÊME MIS LE JUS EN BOUTEILLES.
LE LENDEMAIN, LE BRAVE HOMME A CRIÉ AU MIRACLE ...
...MAIS ANGELO AVAIT COMPLÈTEMENT DISPARU...
EH, OUI !
JE NE M'INQUIÈTE PAS TROP POUR LUI. TÔT OU TARD, IL FINIRA BIEN PAR NOUS DONNER DE SES NOUVELLES.
OUI, MAIS QUAND ?
BIENTÔT!
CETTE BOUTEILLE A JUSTE VINGT ANS DE CAVE. VOUS M'EN DIREZ DES NOUVELLES !
FIN

DUR, DUR...

OH, REGARDE ! QU'EST-CE QUE C'EST ?
UN BOUSIER. C'EST UN COLÉOPTÈRE COPROPHAGE. IL SE NOURRIT UNIQUEMENT DE... ENFIN, TU VOIS CE QUE JE VEUX DIRE...
IL EN FAIT DES BOULETTES ÉNORMES POUR SA TAILLE ET CENT FOIS PLUS LOURDES QUE LUI, QU'IL TRIMBALLE DU MATIN AU SOIR...
CENT FOIS PLUS LOURDES QUE LUI...
CUPIDON, TU NE CROIS PAS QU'IL VAUDRAIT MIEUX ATTENDRE QU'IL...?
ATTENDRE QU'IL QUOI...?
MORS !
BÔLÔMBÔLÔMBÔLÔM
SCHRÂÂÂÂTCH
QU'IL SOIT SUR TERRAIN PLAT ?
COUIC !
CAUVIN 245 MALIK

# AH, LES FEMMES...!

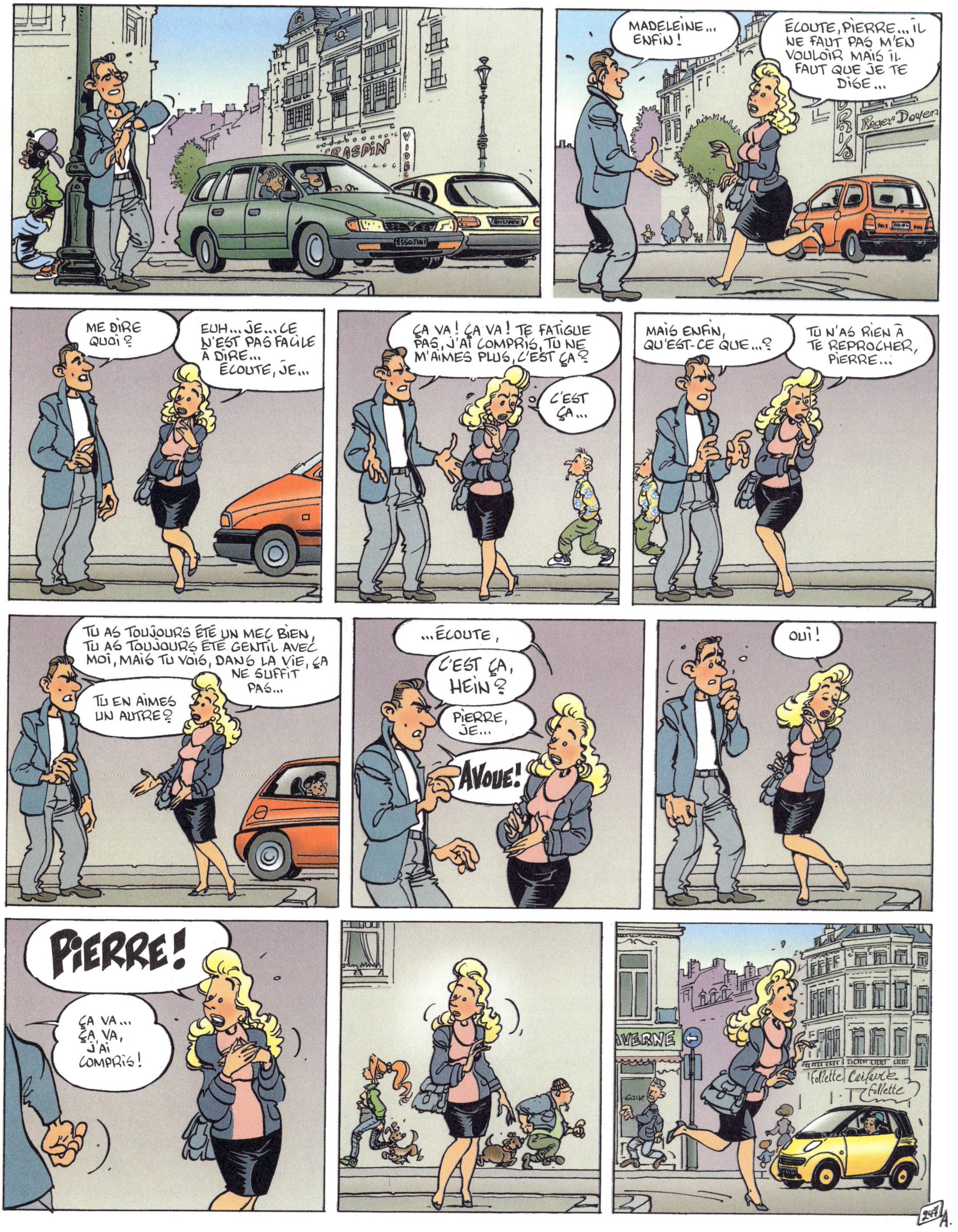

MADELEINE... ENFIN !
ÉCOUTE, PIERRE... IL NE FAUT PAS M'EN VOULOIR MAIS IL FAUT QUE JE TE DISE...
Roger Doyen
ME DIRE QUOI ?
EUH... JE... CE N'EST PAS FACILE À DIRE... ÉCOUTE, JE...
ÇA VA ! ÇA VA ! TE FATIGUE PAS, J'AI COMPRIS, TU NE M'AIMES PLUS, C'EST ÇA ?
C'EST ÇA...
MAIS ENFIN, QU'EST-CE QUE... ?
TU N'AS RIEN À TE REPROCHER, PIERRE...
TU AS TOUJOURS ÉTÉ UN MEC BIEN, TU AS TOUJOURS ÉTÉ GENTIL AVEC MOI, MAIS TU VOIS, DANS LA VIE, ÇA NE SUFFIT PAS...
TU EN AIMES UN AUTRE ?
...ÉCOUTE,
C'EST ÇA, HEIN ?
PIERRE, JE...
AVOUE !
OUI !
PIERRE !
ÇA VA... ÇA VA, J'AI COMPRIS !
AVERNE
Follette Coiffure Follette

ÇA Y EST, ARMAND, C'EST TERMINÉ AVEC PIERRE. J'AI ROMPU...
AH?
COMMENT ÇA, AH!? C'EST TOUT CE QUE TU TROUVES À DIRE?
ÉCOUTE, MADELEINE, IL... IL FAUT QUE JE DISE...
GRAND HOMME PHARE DE LA PENSÉE UNIVERSELLE
7138 MA 19
...ME DIRE QUOI?
BEN... J'AI RÉFLÉCHI... TOI ET MOI...
TU EN AIMES UNE AUTRE!?
OUI!
MADELEINE...
VA AU DIABLE! JE NE VEUX PLUS TE VOIR! PLUS JAMAIS!
BROOOOOM
ÇA Y EST, JOCELYNE, ENTRE MADELEINE ET MOI, C'EST FINI!
C'EST... C'EST DÉFINITIF?
TOUT CE QU'IL Y A DE PLUS DÉFINITIF!
TU... TU FERAIS MIEUX DE RETOURNER LA VOIR ET D'ESSAYER DE RECOLLER LES MORCEAUX... S'IL EST ENCORE TEMPS...

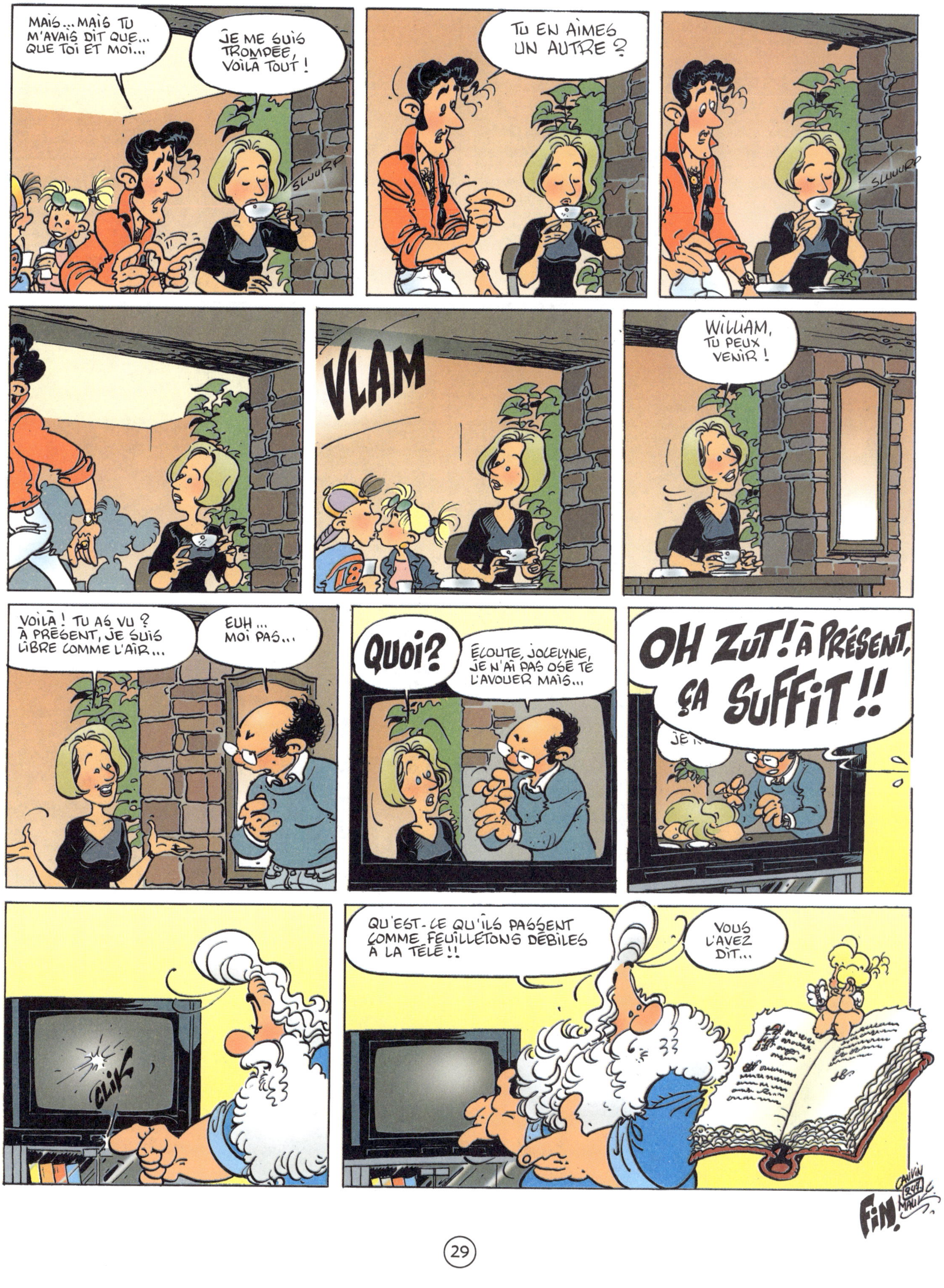
MAIS... MAIS TU M'AVAIS DIT QUE... QUE TOI ET MOI...
JE ME SUIS TROMPÉE, VOILÀ TOUT !
SLUURP
TU EN AIMES UN AUTRE ?
SLUUURP
VLAM
WILLIAM, TU PEUX VENIR !
VOILÀ ! TU AS VU ? À PRÉSENT, JE SUIS LIBRE COMME L'AIR...
EUH... MOI PAS...
QUOI?
ÉCOUTE, JOCELYNE, JE N'AI PAS OSÉ TE L'AVOUER MAIS...
OH ZUT ! À PRÉSENT, ÇA SUFFIT !!
CLIK
QU'EST-CE QU'ILS PASSENT COMME FEUILLETONS DÉBILES À LA TÉLÉ !!
VOUS L'AVEZ DIT...
FIN.

# COLLISION EN PLEIN CIEL

SINCÈREMENT, JE NE COMPRENDS PAS TON INTÉRÊT SOUDAIN POUR LES CHAUVES-SOURIS.
JE LES AIME BIEN, VOILÀ TOUT.
REGARDE, EN VOILÀ !
TU CROIS QU'ELLES NOUS ONT VUS ?
NON ! À VRAI DIRE, ELLES SONT POUR AINSI DIRE AVEUGLES.
AH, BON ? COMMENT SE DIRIGENT-ELLES ?
ELLES ONT UN GENRE DE SONAR DANS LA TÊTE ET QUI FONCTIONNE SUR LA RÉFLEXION DES ONDES...
ÇA LEUR PERMET À LA FOIS DE FONDRE SUR LEURS PROIES...
KNAP
...ET D'ÉVITER LES OBSTACLES.
?
PLAF
UNE CHAUVE-SOURIS EN PANNE DE SONAR ! ? VOUS ÊTES SÛRS ?
CAUVIN
MALIK

## L'ANTRE DES CHAUVES-SOURIS

IL EST BEAUCOUP TROP TÔT POUR APERCEVOIR DES CHAUVES-SOURIS.
POURQUOI ?
ELLES NE PRENNENT LEUR ENVOL QU'À LA TOMBÉE DU JOUR.
QUAND LE SOLEIL SE LÈVE, ELLES VONT SE NICHER DANS DES ENDROITS SOMBRES, À L'ABRI DE LA LUMIÈRE... COMME DANS CETTE GROTTE PAR EXEMPLE.
LÀ, PAR GRAPPES ENTIÈRES, ACCROCHÉES À LA VOÛTE PAR LES PATTES ARRIÈRE, LA TÊTE EN BAS, ELLES PASSENT LA JOURNÉE À SOMMEILLER...
COMMENT SAVOIR S'IL Y EN A LÀ-DEDANS ? IL Y FAIT NOIR COMME DANS UN FOUR...
SPLATCH
IL Y EN A ! ET SI TU NE VEUX PAS ME CROIRE, TU N'AS QU'À ALLER VÉRIFIER TOI-MÊME.

SÉRAPHIN, QU'EST-CE QUE TU FAIS ?
SÉRAPHIN ?
AAAAAAH
BLAF
D'ACCORD, IL VOULAIT VOIR DES CHAUVES-SOURIS DE TOUT PRÈS, MAIS DE LÀ À VOULOIR LES IMITER ...
QUELLE IDÉE ...
CAUVIN B. MALIK

## CHERCHEZ LE PIVERT

TAK TAK TAK TAK
BEN, OÙ EST-IL ENCORE PASSÉ ?
POURTANT CE DE PIVERT ÉTAIT ICI IL Y A QUELQUES INSTANTS !... TU L'AS ENTENDU COMME MOI...
CUPIDON, VIENS VOIR !
?
À MON AVIS, IL DOIT S'ÊTRE RÉFUGIÉ DANS SON NID.
TU CROIS ?
OUAAAH !
EST-CE QU'ICI ON TOUCHE DES INDEMNITÉS POUR CE GENRE D'ACCIDENT DE TRAVAIL ?
NON.
C'EST DE SAVOIR CELA QUI L'A MIS LE PLUS EN BOULE !
251

QU'EST-CE QU'IL FAIT ?
IL A INVITÉ UNE AMIE POUR UN PETIT DÎNER EN TÊTE À TÊTE...
ET ELLE A ACCEPTÉ ?
BIEN SÛR. IL COMPTE MÊME EN PROFITER POUR LUI DÉCLARER SA FLAMME...
NOTEZ QUE CE N'EST PAS LA PREMIÈRE FOIS QU'IL INVITE AINSI DES JEUNES FILLES...
LE MALHEUR, C'EST QUE C'EST UN GAFFEUR-NÉ : ÇA TOURNE CHAQUE FOIS À LA CATASTROPHE.
J'ESPÈRE POUR LUI QUE CETTE FOIS, ÇA MARCHERA.
PSCHHHT
PSCHHHT
DING DONG
TU COMPTES INTERVENIR ?
S'IL LE FAUT VRAIMENT, OUI.
BONJOUR !
C'EST GENTIL D'ÊTRE VENUE.
HI HI HI, C'EST GENTIL À VOUS AUSSI DE M'AVOIR INVITÉE.
INSTALLEZ-VOUS, JE VOUS PRIE.
C'EST JOLI, CHEZ VOUS.
JE SUIS HEUREUX QUE ÇA VOUS PLAISE.
VOUS PRENDREZ BIEN UNE COUPE DE CHAMPAGNE ?
VOLONTIERS !
249 A

PAF
KLING KLING
PSCHHHH
NE ... NE BOUGEZ PAS, JE VAIS CHERCHER UNE SERVIETTE ...
BLANGKLINGBLANG
BLING
SKLANG
KLING
PLAF
PLAF
PLAF
KLAM
À MON HUMBLE AVIS, SI TU VEUX INTERVENIR, C'EST LE MOMENT, OU JAMAIS.
J'Y VAIS !

312
MOPS
?
DING
DONG
JE... EXCUSEZ-MOI DE M'ÊTRE EMPORTÉE...
MAIS NON, C'EST PLUTÔT À MOI DE M'EXCUSER...
HI HI HI, LE MALHEUR, C'EST QUE VOTRE DÎNER EST PAR TERRE SI L'ON PEUT DIRE...
SI J'OSAIS, JE VOUS OFFRIRAIS BIEN UN HAMBURGER FRITES!
HI HI HI POURQUOI PAS?
PLUS TARD...
DÉSIREZ-VOUS UN PEU DE KETCHUP?
S'IL VOUS PLAÎT, MERCI...
LE MALHEUR, AVEC LES FLACONS, C'EST QU'ILS SONT TOUJOURS BOUCHÉS...
PEUT-ÊTRE QU'EN DÉVISSANT UN PEU LE BOUCHON..
NOOOON!
SPROOUUUÎÎÎT
FASTBOUFF
QU'EST-CE QU'IL FAIT?
IL A INVITÉ UNE AMIE POUR UN PETIT DÎNER EN TÊTE À TÊTE...
FIN

# PLUS VITE, TOUJOURS PLUS VITE !

QU'EST-CE QU'IL FABRIQUE ENCORE, ANGELO ?
IL A TROUVÉ UN NOUVEAU MOYEN INFAILLIBLE POUR SE DÉPLACER À LA VITESSE DE L'ÉCLAIR.
TU ES SÛR QUE ÇA VA MARCHER ?
SÛR ET CERTAIN !
QUAND ÇA PART, CES MACHINS-LÀ, ÇA DÉMÉNAGE À UNE VITESSE FOLLE !
ALORS, ÇA VIENT ?
ON EST EN TRAIN D'ENLEVER LE FIL DE FER.
ÇA Y EST, TU PEUX VENIR.
O.K., LES GARS, ÉCARTEZ-VOUS !
BEN... Y A RIEN QUI SE PASSE...
C'EST LONG !
ÇA VA PARTIR...
MINUTE, QUOI...
AAAAAH ?..
BLAF
POPS
BÔM
C'EST VRAI QUE ÇA MARCHE... MAIS S'IL RENOUVELLE L'EXPÉRIENCE, IL FAUDRA QU'IL PENSE À LA REFAIRE À L'EXTÉRIEUR.

# SPORTS DE GLISSE

CHAQUE ANNÉE À LA MÊME PÉRIODE, ILS SONT DES MILLIERS À SE RENDRE AINSI À LA MONTAGNE POUR Y PRATIQUER LES SPORTS DE GLISSE.
COMME D'HABITUDE...
EUH... AHEM...
...IL Y AURA...
HOP...
...CEUX QUI DÉBUTENT...
OH NON... NOOON...
MAMAAAAAANN !
BÔM
...CEUX QUI ONT UNE ENTIÈRE CONFIANCE...
...EN LEURS TALENTS...
...ET QUI CHERCHENT TOUJOURS À EN IMPOSER...
HOPS !

?!
AAAAHHH
CEUX QUI FONT DE MAUVAISES RENCONTRES...
BLAF
...ET CEUX QUI SONT VICTIMES DES MALADRESSES DES AUTRES...
...BREF, COMME CHAQUE ANNÉE À LA MÊME PÉRIODE, UN AVION PLEIN À RAS BORD...
AIR CHARTER
...EST CHARGÉ DE RAPATRIER TOUS LES ÉCLOPÉS DANS LEUR PAYS D'ORIGINE...

COMMENT ES-TU AU COURANT DE TOUT ÇA ?
C'EST ANGELO QUI M'A RACONTÉ... HIER, LUI AUSSI S'EST ESSAYÉ AUX SPORTS DE GLISSE...
...IL A EMPRUNTÉ LE MATÉRIEL, TROUVÉ UN ENDROIT DÉSERT...
...CHAUSSÉ SES SKIS...
...ET S'EST LANCÉ...
BLOUF
ALORS ?
ON L'A RAPATRIÉ CE MATIN.
FIN

## IL Y A PHOTO !

CUPIDON, JE PARIE QUE JE FILE AUSSI VITE QUE TES FLÈCHES.
TU CROIS ?
J'EN SUIS CERTAIN ! JE PEUX MÊME TE LE PROUVER !
TU VEUX QU'ON ESSAIE ?...
JE SUIS PRÊT !
DZOiiiNG
BÔÂM
TCHAC
QUE VOUS AYEZ ATTEINT LA CIBLE TOUS LES DEUX, C'EST INDISCUTABLE. MAINTENANT, QUANT À SAVOIR QUI L'A TOUCHÉE LE PREMIER, ÇA, C'EST AUTRE CHOSE...

# LA LÉGENDE DE L'ESCARGOT

VOICI REVENUE LA PÉRIODE DES AMOURS...
LES ANIMAUX DE TOUS GENRES...
...SE SONT FORMÉS EN COUPLES.
MÊME CES DEUX-LÀ...
À CE PROPOS, SAVEZ-VOUS QUE LES ESCARGOTS SONT HERMAPHRODITES?
EUH... NON. QU'EST-CE QUE ÇA VEUT DIRE?
QUE LA NATURE LES A DOTÉS DES DEUX SEXES. L'UN MASCULIN, L'AUTRE FÉMININ.
NE ME DIS PAS QU'ILS SAVENT FAIRE DES PETITS SANS L'AIDE DE PERSONNE!
BIEN SÛR QUE NON. HERMAPHRODITE OU PAS, IL FAUT ÊTRE DEUX. ÇA ME RAPPELLE UNE HISTOIRE. VOULEZ-VOUS QUE JE VOUS LA RACONTE?
OH...! OUI!
ELLE REMONTE PRESQUE À LA NUIT DES TEMPS. À CETTE ÉPOQUE, DIEU AVAIT DÉCIDÉ DE RAYER L'HOMME DE LA SURFACE DU GLOBE...
À L'EXCEPTION DE NOÉ ET DE SA FAMILLE.
253 A.

IL NOYA LE MONDE SOUS DES TROMBES D'EAU...
...TOUS LES HOMMES PÉRIRENT...
...TOUT LE MONDE SAUF, BIEN SÛR, NOÉ, BIEN À L'ABRI DANS SON ARCHE, ENTOURÉ DE SES PROCHES ET DE TOUS LES COUPLES D'ANIMAUX QU'IL AVAIT EMBARQUÉS.
QUAND LA PLUIE S'ARRÊTA ET QUE LES EAUX SE FURENT RETIRÉES, TOUS CEUX-CI DÉBARQUÈRENT DEUX PAR DEUX...
...SAUF L'ESCARGOT !
?!
...QUAND IL QUITTA L'ARCHE, IL ÉTAIT SEUL !
PERSONNE NE SAIT CE QUI ÉTAIT ARRIVÉ, MAIS UNE CHOSE ÉTAIT CERTAINE, L'UN DES DEUX AVAIT BEL ET BIEN DISPARU...
253 B.

LE TEMPS PASSA. DÈS QUE REVENAIT LA PÉRIODE DES AMOURS, JE ME METTAIS AUSSITÔT AU TRAVAIL.
MOPS
IL FALLAIT BIEN REPEUPLER LA TERRE...
MOPS
JE LES FLÉCHAIS TOUS...
MOPS!
TOUS...
MOPS!
...SAUF LUI. À VRAI DIRE, JE NE SAVAIS QUE FAIRE...
COMME JE VOUS L'AI DÉJÀ DIT, DANS LA PLUPART DES CAS, IL FAUT ÊTRE DEUX POUR AVOIR DES PETITS.
...MAIS LUI, IL ÉTAIT SEUL, DÉSESPÉRÉMENT SEUL...
JE VOYAIS DÉJÀ ARRIVER LE JOUR OÙ LA RACE S'ÉTEINDRAIT, FAUTE DE PROGÉNITURE.
PETS
OR, IL SE FAIT QU'À LA MÊME ÉPOQUE, NOÉ, QUI S'ÉTAIT LANCÉ À CORPS PERDU DANS LA CULTURE DE LA VIGNE...
DÉCOUVRIT...

APRÈS MOULT MANIPULATIONS...
SPLICH
SPLACH
...ET SANS SAVOIR TROP COMMENT...
...UN DÉLICIEUX BREUVAGE...
LE VIN !
DÂDÂÂDÂ... DÎRLÂDÂDÂ...
YOUPEEE HIPS! HOPS!
TOUT LE MONDE Y GOÛTA...
?
...MOI AUSSI.
253 D

- HOPS
CETTE ANNÉE-LÀ, JE LES AI TOUS RATÉS...
HIPS
?
SAUF UN... MA FLÈCHE LE MIT DANS UN ÉTAT PAS POSSIBLE... IL VOULAIT BIEN PROCRÉER, MAIS COMMENT VOULEZ-VOUS QU'IL FÎT ?
MOPS
IL ÉTAIT SEUL, DÉSESPÉRÉMENT SEUL... JE LE VIS SOUDAIN ABATTU, DÉMORALISÉ, COMPLÈTEMENT DÉPRESSIF...
J'APPRÉHENDAIS QU'IL NE MÎT SOUDAIN FIN À SES JOURS, ENTRAÎNANT DU MÊME COUP L'EXTINCTION DE LA RACE...
QUAND SOUDAIN APPARUT LE DEUXIÈME ESCARGOT.
L'ESPÈCE ÉTAIT SAUVÉE.
D'OÙ VENAIT-IL ?
PASSÉ PAR-DESSUS BORD SANS DOUTE, IL ÉTAIT REVENU À LA NAGE.
DIEU PARDONNA À NOÉ QUI ABANDONNA LA VIGNE POUR SE LANCER DANS L'HÉLICICULTURE...
ET VOILÀ !
L'ÉNERVANT AVEC LUI, C'EST QUE JE NE SAIS JAMAIS S'IL EST SÉRIEUX OU S'IL BLAGUE !
FIN

PRINTED IN BELGIUM BY
proost
INTERNATIONAL BOOK PRODUCTION

MOPS